Cyhoeddwyd gyntaf yn 2014 gan Wasg Gomer, Llandysul, Ceredigion, SA44 4JL
www.gomer.co.uk

ISBN 978 1 84851 657 1

Cyhoeddwyd gyda chymorth ariannol Cyngor Llyfrau Cymru.

Argraffwyd a rhwymwyd yng Nghymru gan Wasg Gomer, Llandysul, Ceredigion SA44 4JL

Communit L

Cymuned L

Tanwen
y Ddraig

Caryl Parry Jones

Christian Phillips

Lluniau Ali Lodge

Gomer

Ydych chi erioed wedi bod ym
Mharc y Bore Bach?
Beth ydych chi'n feddwl, 'Naddo'?
Ond dyna lle mae'r creaduriaid hudol
yn byw. A wyddoch chi beth?
Mae'n hollol WYCH!

Maen nhw i gyd yn byw yna . . .
yr Ieti, y môr-forynion, y griffiniaid,
y Seiclops, yr Eliffant Anghofus
(mwy amdano fo nes 'mlaen) a . . .

TANWEN Y DDRAIG.

Mae Tanwen yn ddraig fach bert sy'n byw

yn ei hogof ym mhen draw Parc y Bore Bach

ac yn cysgu ar fynydd o aur.

Mynydd o aur, meddech chi?

Mae'n rhaid bod hynny'n ofnadwy

o anghyffyrddus . . .

Wel, dim os ydych chi'n ddraig.

Mae Tanwen yn gariad bach – ac mae pob un o greaduriaid Parc y Bore Bach yn meddwl y byd ohoni.

Heblaw am pan nad ydi hi'n gwrando . . .

Os ydi hi'n cael ei rhybuddio i beidio mynd ar gyfyl y danadl poethion, mi wneith hi neidio i'w canol nhw . . . ac yna crio am fod ei chroen yn llosgi.

Ac os ydi hi'n cael ei siarsio i beidio bwyta cacen cyn te, mi fwytith hi nid un, nid dau ond TRI darn . . .

ac wedyn mynd i deimlo'n sâl
pan mae pawb arall yn mwynhau
eu bwyd.

Un diwrnod, roedd Tanwen eisiau mynd i'r parc i chwarae pêl. Mae dreigiau wrth eu boddau yn chwarae pêl, yn enwedig rygbi, ac maen nhw'n wirioneddol ardderchog wrthi hefyd.

Gofynnodd Tanwen i Griff y Griffin
a oedd o eisiau chwarae.
'Mi faswn i wrth fy modd, Tanwen fach,'
meddai Griff. 'Ond edrych! Mae hi'n bwrw glaw
ac os chwaraewn ni yn y glaw, yr unig
beth ddaliwn ni yw annwyd!'

Er bod Tanwen yn meddwl bod hon yn jôc eithaf da a chysidro mai Griffin feddyliodd amdani, mi benderfynodd hi anwybyddu ei gyngor. Sgipiodd drwy'r Parc gan chwarae pêl a neidio i bob un pwll dŵr welodd hi. O! Mi gafodd hi andros o hwyl.

Sblish!

Sblash!

Mi sblisiodd ac mi sblasiodd am oriau.

Erbyn iddi gyrraedd adre ar ddiwedd y dydd, roedd hi'n wlyb at ei chroen.

Aeth i'w gwely yn falch iawn nad oedd hi wedi gwrando ar Griff.

Ond – o diar!

Drannoeth, mi ddeffrodd . . .

yn **crynu** i gyd.

Roedd hi'n snwffian

ac yn tisian,

yn tagu

ac yn crawcian.

Roedd ei llygaid yn llosgi,

ei gwddw yn cosi

a'i thrwyn yn rhedeg.

Oedd, mi roedd gan Tanwen annwyd.
'O! Bab bach,' meddai drwy'i thrwyn,
'dwi 'di bod yn ddraig fach dwp. Roedd Griff
yd iawd . . . udwaith eto. Falle os af i
allad i'r haul bydda i'n teiblo'd well.'

Ac allan i'r haul yr aeth hi.

Ond er bod yr haul yn gwenu, dechreuodd ei thrwyn hi gosi ac mi disiodd disiad draig. A thisiad draig ydi . . .

TISHW!

Ie, dyna chi . . . TÂN!

Mi losgodd gacennau Griffin
a thair coeden ger lagŵn
Lili'r Fôr-forwyn,

Mi disiodd yn uchel gan roi ar dân,

Lein ddillad Ieti a'i holl bants glân,

A sgarff borffor orau Clip ap Clop.

Mi disiodd a thisiodd a hynny'n ddi-stop,

Nes bod fflamau yn tasgu drwy'r Parc i gyd,

Achos tisian yn danllyd mae dreigiau o hyd!

'O, na!' wylodd Tanwen. 'Pam na faswn i wedi gwrando ar Griff?
Dwi wedi gwneud cymaint o lanast. Well i mi fynd yn ôl i'r ogof cyn i mi losgi
rhywbeth arall. Fydd yr un o greaduriaid Parc y Bore Bach eisiau 'ngweld i
am dipyn, dwi'n siŵr.'

Ond yna, clywodd gnoc ar wal
yr ogof. Griff oedd yna.

'Mi glywes nad oeddet ti'n teimlo'n
rhy dda, Tanwen,' meddai'n garedig.
Roedd Tanwen yn teimlo cywilydd mawr.

'Gobeithio dy fod ti wedi dysgu
dy wers,' meddai Griff wedyn.

'O, do!' atebodd Tanwen. 'Mi fydda i'n siŵr o wrando o hyn allan. Mae'n rhaid bod y creaduriaid eraill yn wyllt gacwn hefo fi . . . Ydyn nhw?'

'Gofynna iddyn nhw dy hunan . . .' meddai Griff, wrth i bob un o ffrindiau Tanwen ddod i mewn i'r ogof.

'Ho, ho!' meddai Gwyn Traed Mawr. 'Paid ti becso, Tanwen. Ni'n gwbod bo' ti'n dost ond . . . wel . . . o'n i'n meddwl os byddet ti'n fodlon tisian cwpwl o weithie 'to, falle allet ti goginio fy marshmalos . . .'

'A thwymo fy siocled poeth . . .' meddai Clip ap Clop.

'A chynnau'r canhwyllau ar ein cacen ben blwydd,'
meddai Bin, Bwn a Ben y Ci Tri Phen.

(Doedd hi ddim yn gacen ben blwydd go iawn, dim ond cacen
â chanhwyllau arni. Ac mae Bin, Bwn a Ben yn hoffi chwythu'r canhwyllau. Hy!)

Wedyn, mi gyneuodd
Tanwen danllwyth o dân ac
eisteddodd y criw i gyd o'i amgylch gan
ganu eu hoff ganeuon, coginio marshmalos
a sipian siocled poeth drwy'r dydd.

Ac o hynny allan, fe wrandawodd
Tanwen ar gyngor pawb bob tro.
Wel, BRON bob tro . . .